春潮NOV+

回到分歧的路口

春潮纪实系列

如果一年后，我不在这世上

もしも一年後、この世にいないとしたら

[日] 清水研 著　钟奎彬 译

中信出版集团 | 北京

图书在版编目（CIP）数据

如果一年后，我不在这世上 /（日）清水研著；钟奎彬译. -- 北京：中信出版社，2022.1（2022.6重印）
ISBN 978-7-5217-2676-3

Ⅰ. ①如… Ⅱ. ①清… ②钟… Ⅲ. ①随笔—作品集—日本—现代 Ⅳ. ①I313.65

中国版本图书馆CIP数据核字(2021)第010188号

如果一年后，我不在这世上

著　　者：[日]清水研
译　　者：钟奎彬
出版发行：中信出版集团股份有限公司
（北京市朝阳区惠新东街甲4号富盛大厦2座　邮编　100029）
承 印 者：天津丰富彩艺印刷有限公司

开　　本：787mm × 1092mm　1/32　　印　　张：5　　字　　数：80千字
版　　次：2022年1月第1版　　印　　次：2022年6月第2次印刷
京权图字：01-2020-6639
书　　号：ISBN 978-7-5217-2676-3
定　　价：39.80元

contents

目录

第二章　我们都拥有复原的力量

第三章　直面死亡时，才发现没有活成想要的样子

第四章　请直面内心“想要的自己”

第五章　观察死亡，就是观察如何生活

前言

我们不都是
在等待中
失去的吗？

“谁也不知道生命什么时候结束，正因如此，我想珍惜活着的每个瞬间。”

这是一位澳大利亚女性在这个世界上留下的最后一句话，27岁的她因癌症离世。被澳大利亚广播公司、英国《独立报》《镜报》等各大媒体报道后，这句话通过脸书迅速传遍全球。

是什么令这句话直抵人心？

如今，医疗技术在进步，人们的寿命也随之增加，“老龄化社会”“抗衰老”等词语越来越常见。

长寿固然是好事，但过于长久的生命也会给生活带来烦恼。简单来说，就是人们会因为长寿而忘了生活的意义。

死亡终会降临，这一点大多数人只是心里清楚，并没有什么切身感受。死亡是一件尚不需要思考，和明天、后天的到来一样理所当然的事，我们都以为自己还有下一个10年、20年，甚至30年……

如此一来，即使有“绝对想做的事”，仍旧会在“明天做就行了”“过段时间再做”“等这项工作告一段落再做”“留作退休后的乐趣吧”等想法中一拖再拖，无法完成。

即便想要改变生活，也会因为恐惧未知而安于现状，安心做一只温水里的青蛙。“不要再等了，现在就行动吧”，这样的心声，总是被“不，鲁莽会毁掉我的一生”等想法劝退。

最终，我们被他人的期待和自我的责任束缚着，无视空落落的内心，继续着得过且过的日子。

正是因为浑浑噩噩地打发生活，又不满足于这样的现状，澳大利亚女子的那番话才会如此触动我们。它打动了世界上的很多人，似乎揭示了，有很多人觉得自己在“虚度人生”。

我是一名肿瘤心理学专业的精神科医生，自 2003 年以来在日本国立癌症研究中心的中央医院工作。我一直为癌症病人及其亲属提供心理咨询与诊疗服务，每年接待诊疗的人数不少于 200 人，截至目前，总接待诊疗人数已经超过了 3 500 人。

为了帮助前来咨询的人，我一直尽我所能倾听他们的故事，这份工作使我收获颇丰。“突然收到癌症通知单，知道大限将至，的确让人痛苦，但也因此才有机会认真思考余下的生命该如何度过。”患者的话都是如此铿锵有力，糊涂度日的我对他们只有由衷的敬意。

这样的工作经历，在一定程度上改变了我的人生。

这并不是转行或者放手一搏去挑战人生之类的重大转变，而是我逐渐能够清晰地区分“不重要的事”和“不能拖延到最后的事”。

因此，我对生活越来越有信心，也越来越满意现在的生活状态。

我将自己从癌症病人身上学到的一切写下来，希望能对正在读这本书的你有所帮助。

写在开头

癌症引起生理的痛苦，更造成了心理创伤

INTRODUCTION

只有
少数人
和癌症无关

让我们先来了解一下癌症。你知道人这一生中得癌症的概率有多大吗?

癌症研究治疗基金会的最新统计数据显示，男性患上癌症的概率为62%，女性为47%，也就是说，现在这个时代，大概每两人中就有一人已经或将要患上癌症。这意味着，癌症令每个人都无法置身事外，即便自己没有得癌症，家人或者重要的朋友也可能会得。

是不是只有上了年纪的人才容易患癌症呢?不一定。数据显示，有三分之一的患者在15岁至64岁之间患癌。

过去，人们认为治愈癌症是天方夜谭，但近年来随着医学技术的进步，治疗情况有了很大的改善。最新的统计数据显示，确诊癌症后，患者在5年内的生存率达62.1%；癌症早期，治愈率相当高。

虽说癌症治疗手段越来越多，但仍无法确保彻底根除病灶，癌症病患痊愈后依然有复发的可能。另外，由于患癌的人越来越多，已有的许多患者又尚未被治愈，因此每年死于癌症的绝对人数还在不断增长。

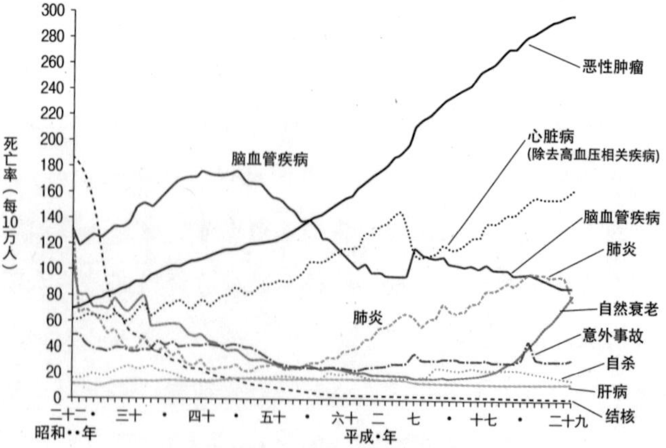

日本人主要死亡原因年度变化图

注：

① 昭和时代为 1926 年至 1989 年，平成时代为 1989 年至 2019 年。

② 平成六年和七年（1994 年和 1995 年）心脏病（除去高血压相关疾病）的死亡率下降，原因是 1995 年 1 月开始使用的死亡诊断书没有统计晚期患者的心脏衰竭和呼吸功能障碍。

③ 平成七年（1995 年）脑血管疾病的死亡率上升，主要原因是《疾病和有关健康问题的国际统计分类》(2003 年版，1995 年 1 月实行）的死因确认规则有变化。

④ 平成二十九年（2017 年）肺炎死亡率下降，原因是新修订的《疾病和有关健康问题的国际统计分类》（2013 年版，2017 年 1 月实行）对其死因做出了明确规范。

上图是根据日本厚生劳动省公布的数据绘制而成，从死亡类别和死亡率的逐年变化来看，自 1982 年以来，罹患癌症是导致日本人死亡的最主要原因，癌症患者的数量也在这期间迅速增长。

预防癌症，我们能做些什么？可以从最简单的事情做起，例如戒烟，控制酒精和盐分的摄入，积极治疗肝炎，清除可引发胃癌的幽门螺杆菌，主动接种 HPV 疫苗，定期接受癌症检查，等等。然而，即便我们定期接受检查，保持良好的生活习惯，依然有可能患上癌症。越是害怕得癌症的人，越无法接受自己患癌的事实："明明那么努力，到底哪里出错了?!"

癌症固然可怕，但也不用过分预防。过度紧张会带来巨大的压力，反而无法保证正常的生活质量，日常生活中只要适度注意健康状态即可。

癌症患者
确诊 1 年内，
自杀率
是普通人的 24 倍

癌症使人意识到死亡，各种并发症也会给身心带来巨大的负担，例如，有些人因患乳腺癌不得不切除乳房，疾病带来的身体器官变化令人痛苦。此外，癌症会导致某些身体机能缺失，进而改变患者原有的社会角色。

	癌症引发的问题	举例
1	对人生的威胁	死亡
2	生理痛苦	疼痛、疲惫、呕吐
3	机能障碍	使用人造肛门（直肠癌）、失声（喉癌）、不孕不育（妇科癌症等）
4	身体损伤	乳房切除、消瘦、毛发脱落
5	社会问题	失业、失学、人际关系危机

然而，因为价值观和性格的差异，同一个问题，不同的人感知到的痛苦程度是不一样的。曾有一位患癌的厨师对我说，化疗让他失去了味觉，而这让他觉得失去了自我。癌症令病人日渐消瘦，对那些以健康肌肉为傲的人来说，这样的变化是难以承受的。

“最坏也就是这样了”，能这么想再好不过，但有一些人会一直困在“今后会变成什么样子”这种心理负担中。

虽然都是癌症，但人们的感受各不相同，100 个人就有 100 种痛苦。被意外“宣判”后，精神时刻处在崩溃边缘的病人肯定不在少数。过往的研究数据显示，确诊癌症后，有五分之一的患者会陷入抑郁情绪，确诊 1 年内，癌症患者的自杀率是普通人群的 24 倍。

一人确诊，
一家人都“病了”

家庭成员中有人确诊癌症，家里其他人的生活也会因此发生巨变。重要的家人随时可能离开人世，任谁都无法承受。我们不可以忽略其他家庭成员巨大的物质压力和心理负担。

因此，癌症不是患者一个人的事，他的家人也是接受了宣判的“病人”。家庭成员心里的痛苦往往不亚于患者本人。当自己非常在意的家人不幸患上绝症，真恨不得和他交换、替他生病。一位患儿的母亲就曾在我面前哭着说：“为什么是我的孩子？我宁愿得癌症的是我。”

病人家属认为“最痛苦的是患者本人，所以我不能抱怨”，因此即使感到痛苦，也只得逼自己忍住。身心再疲惫，都始终紧绷着神经，不敢有片刻喘息……不面对不排解心中真实的感受，时间久了，无论是谁都会在某个时刻因为绷不住了而崩溃。

我常常对患者家属说：“治疗癌症是个漫长的过程，为了支撑病人走下去，也请注意好好照顾自己。”

治疗癌症
并非只是为了
根治病痛、延长寿命

过去，我们认为癌症治疗的目的只有一个，就是彻底根治病症，如果无法根治，就尽可能地延长患者的生命长度。

渐渐地，我发现，缓解癌症带来的痛苦、保证患者正常的生活质量也是癌症治疗的重中之重。

目前已经有许多方法可以帮助患者缓解癌症引发的各类疼痛，与此同时，新型治疗手段也在不断发展。当然，除了生理上的痛苦，患者精神上的煎熬也不可忽视。患者和患者家属的身心都背负着重担，我尝试用不同的方法为他们提供帮助，帮他们排解内心的负面情绪。

虽然我们做得还远远不够，但是像我这样的“精神肿瘤医生”（专门治疗癌症病人的精神科医生）数量在不断增加。我相信在充分理解癌症的前提下，我们能够向癌症患者及其家人提供更加细致的关怀和帮助。

第一章

用悲伤治愈痛苦

CHAPTER 1

悲伤
是一剂
良药

当一个人觉得自己的苦恼有人理解时，
心里会好受很多。
我们可以找人聊天，向他人吐露自己的烦恼，
从对方那里获得理解。

因为在癌症专科医院工作，我每天见到的都是癌症患者和患者家属。100个人就有100种烦恼，因此，和患者初次见面时，我首先注意的是对方有什么样的烦恼。

为了理解对方，我必须花相当长的时间去弄懂对方的烦恼。在这个过程中，重要的是提问：你的日常生活是什么样的？最珍视的东西是什么？癌症对生活造成了哪些影响？目前最大的困扰是什么？

刚刚接触病人的时候，我总是反复询问这些问题，获得充分的信息后，才开始下一阶段的治疗。只有当我能够体会患者的痛苦时，我才会说："您是因为癌症才遇到这些问题的，一定十分难熬吧？"

如果对方能正面回应我，那么第一步就成功了。

因为当一个人感受到有人能理解自己的痛苦时，他的痛苦就会减轻一些。

在这样的交流过程中，患者原本模糊不清的表达会渐渐变成准确具体的表述，甚至说着说着会发现一些被自己忽略的东西。倾诉烦恼的过程中，患者也梳理了自己的问题，理解了自己的困境。

有些患者在就诊期间流露出悲伤的情绪，出现这种情绪不可怕，反而对下一阶段的治疗起着至关重要的作用。

我以前认为，医生就是帮患者消除痛苦的，我来提出各种方法应对病人的问题，哪怕这些方法对病人毫无帮助，也要固执地给病人开方抓药，只是希望自己能做些什么。因此那时我常常因为疗效不佳而苦恼。

后来有一天，我意识到那种只求解决问题的做法，非但不能拯救病人，反而可能更加深他们的痛苦。

多年的临床经验告诉我，每个人都拥有独自面对和解决烦恼的能力。作为精神科医生，我最需要做的其实是帮助我的病人发现和培养这种能力，倾听他们的故事，共情他们的痛苦。

为了更好地帮助患者，自2016年起，我们医院开设了专门的心理康复门诊——为患者提供4—8次、每次时长50分钟左右的诊疗服务。在治疗的初始阶段，我会帮助患者重新认识自己：引导患者按时间顺序回顾自己的成长，回顾年少时的梦想、成年后的生活；回顾自己的人生目标，喜欢什么不喜欢什么……让患者明白，正是过往的这些经历才塑造了今天的自己。

第二阶段，我会向病人详细说明确诊癌症之后，一个人可能会经历的各种心理变化；告诉病人癌症会带来什么、会让他们失去什么，以及如何与癌症共生，积极地适应往后的生活。和患者做深入的沟通交流，能帮我从不同的角度理解他们目前正在经历的具体的痛苦。

有一些病人在这个阶段的诊疗之后，觉得希望渺茫，就此放弃。

如果没能在一次谈话中和病人达成共识，我会在接下来的治疗中继续跟进。虽然有时不得不放弃某些病患，但更多的时候，我觉得自己的坚持是有意义的。而对于生命中那些失去的东西，以及迄今为止一直没有注意到的东西，患者们也都会给出各自的回答。

身处困境，
却仍想为了某人
努力生活

从癌症患者身上，
我学到了人生的道理。

今年 20 岁、患有白血病的大学生石田春香是我的患者，正在接受心理康复治疗。

石田一直觉得父母不够爱她，希望能获得他们更多的关注。石田确诊白血病时，父母首先担心的是疾病带来的影响，怪罪过往没有尽好照顾的义务，而非第一时间照顾她的感受，这让石田的积怨彻底爆发了。

一旦开始化疗，患者的身体就可能经历各种并发症。发高烧、满嘴的溃疡、不停脱落的毛发，身体上的变化不断加剧着病人内心的痛苦。

“为什么只有我要承受这些痛苦？”

“为什么其他人都可以开开心心的？”

刷手机，看到朋友发布在社交网站上的动态，石田生起一股莫名的愤怒，气得把手机重重地摔在了地上。

就在此时，石田认识了住在同一间病房的一位老人，与这位老人的交流和相处慢慢地改变着石田。老人体内的癌细胞已经从肾脏扩散到了肺部，情况看起来比石田严重得多。尽管如此，老人每天却都笑呵呵地对石田说：“今天怎么样？很辛苦吧？你已经很努力了。”

有一次，石田问老人："为什么你要这么努力地活下去？"他笑着回答："我是为了我的家人呀，希望自己对家人还算有点用处。"

"希望为了心里的那些人而活下去"，老人的话给了石田很大的冲击。

环顾四周，石田意识到病房里有很多人像她一样处境艰难，但医护们依旧在竭尽所能地帮助大家。每到夜里，护士为石田按摩背部时，更有一股温暖的感觉涌上她的心头。"如果能恢复健康，我也想为了某人努力生活。"石田这样想。

石田告诉我，当她看到父母为自己的病而慌乱时，之前对他们的积怨也渐渐消失了，剩下的只是对家人的感谢。

现在，石田已经顺利出院，重回大学继续学业了。

前不久，她来拜访我，双眼明亮有神，和刚入院时判若两人。

平凡地度过每一天，并不是理所当然的。意识到这一点时，我们将对每一个寻常日子充满感激。以前的我，觉得有一份差不多的工作，和差不多的人结婚，安安稳稳地过完这一生就够了，但这样的话，人生未免太无趣了。而现在的我，对人生有了更多的想法和期待。

跟不同的人交流时，我听到了很多故事，很多像石田这样的病人的故事。

当患者意识到“死亡”并开始接受治疗时，所感受和考虑到的每一件事，都有可能成为新的警醒，促使他们重新思考人生。

每一次和病人交流，都对我产生了极大的影响，促使我进一步学习人生这门课程。

人有极强的适应能力，如柳枝般柔韧

在疾病的痛苦中，
隐藏着一个全新的世界。

身体健康时，任谁也无法想象自己生病的样子。

一说到“如果得了癌症”，就会开始不安地想：到那时自己能保持冷静吗？会不会因为害怕死亡而自暴自弃……

我遇到过很多癌症患者，他们中有不少人因为病情而变得焦躁不安。从医初期，经验尚浅，那时看到病人痛苦，我便下意识地认为：如果是我确诊癌症，我绝对受不了，可能会崩溃。那时候，我不知道如何跟患者打交道，总是悲观地看着他们，但是随着阅历的增长，我改变了原先对病人的悲观看法。承受痛苦并非易事，但至少我能感觉到有些病人的精神状态不错。

一旦确诊癌症，人的第一反应是逃避，故意忽略患癌的事实，假装一切正常。逃避是每个人应对突发巨变的下意识反应，会逃避多久则因人而异。

但人生的艰难时刻，也是一次审视自我的机会。有一些人会在突如其来的癌症宣告下不知所措，哭得像个孩子，但我能清晰地感受到这背后蕴藏着能量，这种能量会给予一个人更大的力量去面对“人生的失去”。

承认失去、面对新现实的力量，被称为“复原力”。复原力原本是物理学术语，意指可塑性，即某件事物恢复原状的能力。这个词在心理学领域也被使用，指“柳枝一般的存在方式”。柳枝在强风吹拂下会弯曲变形，但风停后又立马恢复原样；而一些看上去很粗壮的大树，却往往无法承受强风的侵袭。强风中的柳枝和大树，是一种对人类的提醒。

接受疾病、治疗疾病的过程中会遇上许多艰难险阻……但总有一些人如柳枝般柔韧，患病后能让自己的生活重回正轨。许多人因为患病，世界观也发生了很大的变化，这些改变为他们提供了看世界的新视角。

在心理学上，这种现象被称为“创伤后成长”（Posttraumatic Growth，PTG），但患者本人并不能直观地感受到这种“成长”，也没有人希望通过这种方式获得“人生的成长”。举个例子，每当我问病人：“你的想法较之前改变了很多吧？”大多数人的回答都是：“不过就是在烦恼中面对疾病罢了。”

创伤后成长是人在面对疾病时的正常反应，我希望大家能清楚地认识到获得“成长”的途径并不仅仅是“失去”，不必太过苛责已经伤痕累累的自己，逼迫自己继续向前，这样对我们没有半点好处。

从来没有所谓正确的消除痛苦的方法，不同的人有不同的应对模式。感到痛苦时，请不要压抑自己的情绪，负面情绪对每个人也有极其重要的意义。难过不堪的时候不要给心扣上“盖子”，适度地发泄情绪，更有助于身心的恢复。

每个人确诊后的反应不同，难以承受的情绪会在某个时刻抵达临界点。而在这之后，巨大的伤痛才会开始愈合，这是病人的复原力在发挥作用。

痛苦指南

“如何接受失去健康”和
“人生遭巨变后该如何好好生活”
是需要解决的两大问题。

突然收到罹癌通知，一个人原本认知中的一切都会跟着被改变，各种各样的“失去”和“死亡”会慢慢出现在风平浪静的生活里，眼前的世界充满了不确定性。我会帮大家从心理学角度看待如下两个问题。

第一个问题是：如何接受失去健康？人们最初会否认“自己不再健康”这个事实，接着会涌起无尽的悔恨和难过，会沮丧失落。此时，一定不要压抑自己的负面情绪，真实地流露和感受负面情绪，有助于我们过渡到下一阶段。

很多人喜欢假装坚强，明明内心已经承受不住了，却还跟自己说“没什么大不了的”。这些人认为自己不能哭、不能暴露弱点，他们不愿意在他人面前流露出任何负面情绪，害怕自己一贯的形象会崩塌。然而必须注意，吞咽痛苦并不会使痛苦消失，只会让其在内心深处沉积。因此，我想告诉所有正处在低落期的人，忍耐非常痛苦，你完全可以直面自己真实的感觉，想哭就尽管哭出来。

第二个问题是：人生遭巨变后该如何好好生活？得知自己患病的悲伤、不解为什么是自己的愤怒，这些负面情绪不会轻易散去，常常需要人们在承受的同时，去面对它们。

面对和解决以上两个问题的过程中，悲伤和愤怒会慢慢地减弱，病人也会由此开始思考人生的新方向。这种转变不可能在瞬间完成，需要耐心，需要一点一滴地去改变心态、迎接变化。

第二章

我们都拥有复原的力量

CHAPTER 2

接受失去，需要时间

发泄过愤怒和
悲伤后，
才可以逐渐面对失去。

当一个人被告知确诊癌症时，他所遭受的冲击程度取决于他对癌症的了解和准备程度。比如，如果是对癌症有心理准备的人确诊了，他们就不会表现得非常害怕；而那些从来没有想过会得癌症的年轻人，一旦得知自己被确诊，无疑会遭到重创。

27岁的冈田拓被告知身患进行性胃硬癌时，他难以相信。他觉得面前这位医生说的癌症跟自己无关，自己像个旁观者；他记不清离开医院之后的事情，也忘了自己当天是怎么回家的。

当一个人遇到远超预期的事情时，心智会因巨大的冲击而崩溃，即使能清晰地感知到眼前这件事，也会觉得它并不是事实，甚至会骗自己这件事从未发生。

心理学将这种现象称为“解离状态”。解离现象不局限在癌症患者中，很多突然遭受较强心理冲击的人都会出现这种状态。解离是人体的一种自我保护。

确诊当天，冈田回家后仍然恍恍惚惚、难以入睡。直到凌晨短暂地迷糊了一会儿后，一股强烈的绝望才涌上心头：啊，昨天的事果然是真的！像冈田一样，从解离状态中脱离出来并认识到事实时，就会出现愤怒和悲伤的情绪。愤怒是一个人感到不公平不合理时就会有的情绪，这种情绪也是人体自我保护时会出现的。

冈田原本对27岁的人生有着丰富的规划，他无法接受从没做过坏事的自己遭此厄运，被“为什么要我来承受这一切”的念头困住了。他有时会控制不住愤怒，大喊大叫，有时会疯狂地砸东西，有时会对父母生气，但无论他如何挣扎，事实都不会改变。慢慢地，他对患癌感到了麻木。

愤怒逐渐平息，悲伤开始占据。悲伤是一种常见的情绪，当我们失去某些意义重大的东西时，悲伤就会出现。每次想到自己不得不放弃充满希望的未来，冈田的眼泪就止不住地流。不过同样，悲伤也可以帮助我们调整心态、治愈创伤。

像冈田一样，失去了对自己而言十分重要的东西时，我们都需要时间和过程来接受失去：从茫然若失、一下子无法理解眼前的事情，到哭天喊地、对不合理的现实充满愤怒，再到整日以泪洗面、深切理解了人生本来就不平等后偷偷哭泣……

这就是心理学上所谓的“悲伤工作”（mourning work），

危机事件后，正常的悲痛过程可以预防丧失所导致的负面后果。经历了这些艰苦的阶段后，患者将逐渐与患病前的生活规划告别，迈向新的生活。

余下的时间
不足 10 年，
今天要为了什么而活？

即使是以禁欲主义为准则的人，
当他得知规划好的未来不复存在时，
同样会陷入迷茫。

确诊之前的冈田遵循禁欲主义的生活方式。他在金融机构工作，责任感强、兢兢业业，工作得到了周围人一致的认可。原本他希望在不久的将来去国外工作，因此工作之余的私人时间都用来学习外语、去健身房锻炼身体。冈田身边有很多朋友，但他和大家相处并不是为了聊天玩乐，而是为了提升自己。冈田十分珍惜跟这些能促进自己成长进步的朋友的每一次相处。

对患病前的冈田来说，“5 年后、10 年后，甚至更早实现自己的梦想”是自己存在的意义，为此他愿意不惜一切代价努力奋斗。

但当冈田得知自己患上癌症时日无多、意识到从前规划的未来永远也不可能降临时，他失去了努力的意义，日子过得浑浑噩噩，不知道每天为何而活。

此时的冈田对人生产生了疑惑——

如果余下的时间不足 10 年，今天要为了什么而活？

冈田想在书中寻找答案，但他翻了无数本书之后，发现能找到的励志书几乎都是以“人能够长久活下去”为前提而写的。书店里的所见所得反而让他感到沮丧。

冈田来找我做心理咨询那会儿，正是他痛苦得想死的时候。他从他的主治医生那里得知我是专门护理患者心理健康的医生，于是想找我谈谈。

起初，冈田对心理咨询半信半疑，质疑似的看着我，问道："你能理解我的感受吗？"他之所以这样想，可能是嫉妒我比他长寿。

那时候，我没有把握可以和冈田建立信赖关系，但我仔细询问了确诊癌症以来他身上发生的事情，和他分享了我对这些变化的看法。

"冈田先生是为将来而活着的吧？为了将来而牺牲现在，所以不知道现在应该怎么生活。"

冈田回应说："是的，我现在该怎么办？希望您能帮我一起思考。"他开始慢慢地接受我了。

就这样，我接受了冈田的委托，开始帮助他一起应对"人生遭遇巨变后，该如何好好活下去"这个必须面对和解决的问题。

感恩今天的到来

开始意识到死亡时，

才会感激曾经认为理所当然的一切。

人生遭遇巨变，该如何好好生活？

心理学关于创伤后成长的最新研究显示，遭遇巨变后，普通人大致会有以下5种变化：

1. 感谢生命；
2. 发现了观察世界的全新视角（探寻更多可能）；
3. 与他人的关系发生了变化；
4. 表现出生而为人的坚强；
5. 精神状态有了改变。

并非所有人都会有以上5种改变，但具体到不同的个体，就会发现人们的很多改变和以上5种有相通之处。

最初知晓这5种改变时，我也受其影响，在想法和生活方式上有了深刻的变化。我开始培养自己的能力：在杂乱无章的生活中，分辨出哪些事最值得去做、哪些事不珍惜将永远后悔。

确诊癌症，意味着一个人收到了死亡的信号，诸如“我还能活多久”这样不安的情绪会随之出现，但其实一个人能够活在这个世界上本就不是理所当然的。

人总是习惯珍视稀有的东西，假如黄金随处可见，便也不会被过分在意。同理，如果一个人认为自己的时间会永远持续下去，他就意识不到时间的宝贵；只有意识到个人所拥有的时间是有限的，才会发现每一天都是非常宝贵的财富。

我们都应该感谢生命。

和冈田第二次会面时，他对我说："生病让我很难过。我曾以为自己是个幸运的人，可我却抽中了最差的签……"

我心想：竟然说是"抽中了最差的签"。我对冈田说："接下来我说的话可能会惹您生气，但我还是要问清楚，您觉得不抽签比抽签更好吗？"

"什么？"冈田不太明白我的意思。

"我是说，比起拥有患病的人生，您觉得从一开始就不存在会更好吗？"

冈田想了一会儿说："不，还是存在过更好。就算是最差的命运，也还是需要面对的。"

他接着说："每次出现'如果我还健康'之类的念头就很痛苦，但我们的出生和存在本就是无数偶然叠加的结果……"

虽然如今的冈田身处绝望的深渊，但他身上还保留着乐观，他在尽可能积极地看待这个世界和发生在自己身上的变化。他对我说："说实话，我很不甘心，但我依然感谢生命。我还活在这个世上，会竭尽全力地活下去。"

我想对健康的大家说：也许有一天，我们也会遭遇冈田那样的人生难题，但我不希望大家因此恐惧未来，过度紧张自己的命运，我希望大家能够意识到健康是我们宝贵的财富，并因此感激生命——能健康快乐地度过今天真是太棒了。

约二三好友小聚，探寻壮美的景色，品尝可口的佳肴……诸如此类的美好往往让我们忘记了时间的存在，认为这一切都是自己应得的。只有意识到没有什么是理所当然的，我们才能更认真地对待每一天。正如一句拉丁文谚语：记住你只是一个凡人，而凡人终有一死。

遭遇巨变时，人也会跟着改变

患病后找到了新的生活方式，
消费习惯和工作习惯也有了变化。

意识到每一天都是时间的馈赠后，就会开始思考：余下的日子应该如何度过？生命中最重要的是什么？我们存在的意义有哪些？

开始向自己提问，就会渐渐地找到看待这个世界的全新视角。

有一位50多岁的喉癌患者对我说，他原本是一个十分节俭的人，只有看着自己的银行存款数字不断增加，才会感到快乐。确诊癌症之后，他开始思考：倘若只存不取，钱对他又有什么意义？

钱有什么用？这个病人过去一直努力存钱是为了家庭，但如果偶尔能与家人一起花钱，留下一些共同的快乐回忆，不也是一种“为了家庭”吗？

花钱并不可耻，为重要的家人、为自己的梦想花钱难道没有意义吗？和这位喉癌患者一样，很多人因为患病改变了金钱观。

有一位63岁的肝癌患者，他当过报社记者，开过公司，创业后每天忙得团团转。明明是为了实现理想、追逐自由才开公司的，但等他回过神儿，却发现自己早已失去了自由支配时间的权利……

阪神大地震发生时，他在神户新闻分社工作。当时，他家的房屋倒塌了一半，他也差点丢了性命。虽然极度悲伤，但他凭着新闻记者的使命感坚持采访。采访过程中，他听到了许多令人心碎的故事，这在他心中留下了难以磨灭的印记。他告诉我，他本想写一本书来纪念当年因为地震而遭受重创的人们，但一天天的忙碌让这个念头无限期地拖延了下去……直到有一次体检，他发现自己患上了肝癌，生命即将走向终点，这才决定将公司交给得力的下属，不再参与公司管理，去做自己一直想做却没有做的事。

如果不能意识到生命有限，总抱着“迟早要去做某事”的想法，一味地拖延，告诉自己“过几天再说”，想做的事最终也难以实现。因此，如果你心里有什么非做不可的事，找准机会去做吧，仔细思考要准备些什么，详细计划一下从什么时候开始行动。

与重要的人
相处的时间最宝贵

感谢雪中送炭的家人和朋友时，
体会到了不曾留意过的温暖。

人生中，什么最重要？

当然是和重要的人一起度过的时光。

一旦生了大病，就会跟着碰上各种各样的麻烦，即便是一直单枪匹马、自力更生的强者，这种时候也会想：如果身边有个人搭把手就好了……

生病时，家人、朋友，甚至一些素未谋面的人都会伸出援手，这时，我们会深切意识到一路走来是离不开他人的帮助和温暖的。

这就是前文提到的普通人遭遇巨变后的第三种变化：与他人的关系发生了变化。

年仅 27 岁却患上胃癌的冈田，在度过愤怒和悲伤的阶段后，希望在余下不多的时间里做些对人生有意义的事。

刚刚发现自己患癌时，不少患者对现状感到无力，还时常对家人乱发脾气。

冈田刚刚入院那会儿没有食欲，什么都不想吃，母亲哪怕只是说一句“多少吃点儿吧”都能触怒他。“我知道必须吃东西，可我吃不下！你又知道什么？别烦我！”冈田大吼。

每次对家人发完脾气后平静下来，冈田都会觉得十分抱歉。看着母亲收拾东西，看着她离开病房时落寞的背影，冈田心里很难受，却又不知如何是好，只能一个人悄悄地自言自语："是我不好，真的很对不起，原谅我……"

最后的那段时间，冈田和家人留下了一些美好的回忆。身体状况还不错的那阵子，冈田出院回家小住，和家人一起翻看了自己从小到大的相册，一张张照片定格着童年、少年、青年时期难忘的瞬间，和父母的合照则记录着一家人的幸福时光和父母对他浓浓的爱。

最后的日子中，冈田对父母说："非常抱歉，不得不提前离开你们，但我真的很幸福，一直以来都谢谢你们了。"

后来，冈田在复健护理中心的病房里离开了人世。

重要的人，除了家人还有朋友。

45 岁的长谷川忠之患有结肠癌。他一向少言寡语、不擅社交，同事间日常的聚会也不参加，在公司没有存在感，如同隐形人一般。长谷川做完手术复工后，有件事令他很意外：一直和自己不太对付的部长居然亲自来问候他。聊过才知道，原来部长也是结肠癌患者。部长建议长谷川试试人造肛门，还分享说，有人造肛门，洗澡会变得方便很多。

部长的问候和分享，令长谷川豁然开朗，改变了过往看人看事的眼光。

从前，长谷川只相信自己，不擅长社交，他和别人打交道时始终怀有戒备，也从来不愿意敞开心扉。自那次和部长交谈过后，长谷川又和其他朋友、同事多了些接触与交流。感受到大家的真诚和善意后，长谷川对我感慨道："世上还是好人多。"后来，长谷川更加主动地和他人搭话，主动地维护关系，自我封闭的他打开了怀抱，积极地融入了环境，热情地和朋友、同事相处。

"人类可真是温暖的生物！"我常常听到患者这样感叹。得到他人关怀的患者收获了支持和鼓励，而他们也会自发地传递爱与善，尽己所能地去帮助其他身处困境的人。

每个人眼前
都是未知的世界

没有人知道疾病什么时候会找上自己，

但我们都知道这世上总有人能体谅病人的辛苦。

本田翔太患有白血病，常规的化疗无法控制他的病情，因此他接受了骨髓移植治疗。移植手术用到了免疫抑制药物来防止免疫细胞受到伤害，但在自身免疫力的真空期，各种并发感染还是差点儿要了本田的命。幸运的是，骨髓移植后本田活了下来，现在也很健康。

出院后，本田发现自己对残疾人的看法改变了。

“以前，我总觉得他们是异类，来自另一个世界，竟然从来都没有体会过他们的心情。现在不同了，我会想很多。他们一定过得不容易吧？虽然很辛苦，但也很努力地在生活着。比如我在车站会想：这不是无障碍车站，残疾人出行应该会比较麻烦。从前无法想象残疾人的世界，现在却不禁体会着他们的感受。除此之外，遇到其他需要帮助的人时，我也觉得不能置身事外，想要为他们做些什么。”

和本田一样，很多癌症患者都分享过类似的变化——患病后，共情能力变强了，能想象他人的痛苦、理解他人的处境。

“没生病的时候，有很多人跟我抱怨过生活的艰辛，那时我只是草草敷衍一句‘真是太辛苦了’，并没有真正去了解和理解他人。”本田说，“从前，在我眼里，世上只有两种人，健康的人和身体有缺陷的人，我一直以为自己属于前者。直到患病后，我才深刻意识到每个人眼前的世界都充满着未知，再也不会觉得健康的人和身体有缺陷的人有什么不同，再也不会简单草率地看待一切。”

想为他人做些什么时，希望就会出现

“自己也许是某人的希望”，
这么相信着，
也就有了活着的动力。

家住川崎市的加茂，高三那年确诊了肝未分化胚胎性肉瘤，这是一种非常罕见的病。她先后接受了两次手术和一次化疗，曾因消化道出血而命悬一线。虽然整体治疗很成功，但现今 21 岁的她还是不得不与后遗症共生：容易疲劳、无法集中精神、小腹疼痛等等。加茂一直期望结束治疗后可以去大学念书，但至今精神和体力都没有彻底恢复健康，读大学、拥有美好的未来，对她来说仍旧可望而不可即。

在这种状况下，她突然来到我的门诊寻求治疗。

加茂是个标致的美人，染着红发，打扮入时。虽说是自愿来治疗的，但初次会面时她却连正眼也不看我一下，像在心里憋着一股气。从她身上我感受到了“要是不生病该多好”的愤怒和无奈。

起初，我对她很头疼，不知道该如何跟她沟通。我既听不懂她口中的美国漫画，也不了解她痴迷的时尚潮流。直到现在我也对美国漫画和时尚一窍不通，但大概是觉得可以信赖，加茂坚持每周前来两到三次接受治疗。

面谈中，加茂会告诉我生病后她所遭遇的各种事情，偶尔也会表现出烦躁，流露出对现状无法忍受的情绪。虽然她在咨询过程中有情绪起伏，但我一直坚信她能逐渐适应疾病带来的变化，找到新的出路。我真切地体会着她最大的困扰——看不到未来让她十分沮丧，但她坚持定期来咨询面谈，大部分时候平和的状态，都让我感受到了她内心深处的顽强。

有一次，加茂对我说："我活下去的动力之一，就是去帮助那些和我一样的病人。"

肝未分化胚胎性肉瘤是一种极为罕见的恶性肿瘤，在网上也找不到太多可供了解和参考的实用信息。这样的处境，令当时的加茂像独自掉进了一个黑洞，她被动地接受着各项治疗。直到后来，加茂发现了一个叫"癌症记事本"的网站，这个网站在积极地征集癌症故事，加工制作后会以视频的形式发布。加茂参与其中，分享自己的抗癌故事，也因此和网站负责人岸田彻成了朋友。

加茂说："还有许多和我经历相似的人正在忍受病痛，我和我的抗癌经历能鼓励他们，因此我要加油，不能放弃。"

现在的加茂，在积极帮助那些同病相怜的人。因为抱着帮助他人的希望，她比以往任何时候都要乐观、平和。

濒临死亡，会有意想不到的坚强

与病魔抗争，
会发现自己比想象中坚强得多。

“我比自己想象中坚强得多。”我常从病人口中听到这句话。

50多岁的辻百合子被诊断出患有乳腺癌时，癌细胞已经向肝脏和淋巴扩散了，基本上已经没有了治愈的可能。癌细胞还侵入颈骨，造成颈骨位移，开始压迫视神经，导致她的右眼完全无法活动，看东西也有重影。

辻百合子是两年前被确诊的，患癌之前她每年都去医院接受定期的癌症筛查，但三年前她因为工作太忙没去医院。刚发现自己患病时，她一直被后悔的情绪淹没，怪自己没有早点儿做检查。确诊的那天，距离女儿的婚礼还有四个月，辻百合子下定决心：送女儿出嫁之前都要好好活着，想办法对抗病魔。

女儿婚礼的筹备和手上的工作让辻百合子忙得停不下来，确诊后的头一个月，因为忙碌，早初萦绕不散的“接下来该怎么办”的焦虑不见了。然而后来，每当稍微空闲下来整理心情时，她却总被“癌细胞已经扩散”的念头击中，反复陷入绝望，好几次在丈夫和朋友面前崩溃大哭。

女儿的婚礼结束后，辻百合子的心情稍好了一些，可想放弃自己的念头还是会闪现。不过消极的情绪会被家人和朋友驱散，每当看到自己的家人和朋友在身边，用各自的方法支持和鼓励自己时，辻百合子就会涌现出勇气，愿意为自己鼓劲儿："虽然情况不好、治疗很难，但我还是得努力加油。"

辻百合子现在的目标是："尽力好好活下去，想送父母最后一程。"扛了几年，再回顾确诊初期的绝望，她感慨道："没想到自己这么厉害。原来无论到什么绝境，只要你想，就总还有办法走下去。"

另外一位患有胃癌的女士也对我说过类似的话："迄今为止，我的人生一直顺风顺水，直到确诊癌症。抗癌很痛苦，但是经历过之后，我觉得自己像是通过了一个人生的考验。抗癌也给了我一种自信——只要做好眼前的事，就能克服困难。这感觉就像征服了一座从前不敢攀登的高山。"

确诊癌症、抗癌、继续生活，当病人意识到自己已经走出了很远时，会刷新对自我的认识，某种程度上会变得更加自信。我能从他们的变化中感受到生而为人的坚韧与骄傲。

感受到
未曾感受过的
力量

从一直忽略的事物中，
发现难以言说的生命的力量。

有人信仰宗教，并从中意识到神的存在；也有人热爱自然，在当中发现了无与伦比的美。

接下来要讲一位乳腺癌患者矢野裕子的故事，让我们看看她在疾病中，经历了哪些精神上的改变。

矢野的女儿性格内向，难以适应学校的集体生活，从上初中开始就经常请假回家。矢野确诊乳腺癌之后，女儿更是直接休学了一段日子。矢野因此十分自责，她非常担心女儿的将来。治疗、休养、控制病情，但好景不长，女儿上高中后，矢野的乳腺癌复发了，这一次接受了化疗，病情却没有得到有效遏制。女儿嘴上没说过关怀体己的话，却在默默地帮矢野分担家务。

和从前一样，矢野对女儿满是愧疚："如果我没有生病，孩子就能过上正常的高中生活，就不用为我分担家务，不用担心我。"

女儿读高三的第三个学期[1]时，矢野体内的癌细胞已经扩

1 日本一般采取三个学期制度，学校一般于每年 4 月开始一学年，于第二年的 3 月结束。第一个学期为 4 月到 7 月，第二个学期为 8 月到圣诞节，第二年的 1 月 8 号开始第三个学期，至 3 月 25 日后开始放春假。——译者注

散到了肝脏，医生估计她可能撑不过当年 4 月。矢野也预感到了自己随时可能离开人世，但她希望能撑到女儿的高中毕业典礼。

矢野做到了，她坐在轮椅上参加了女儿的毕业典礼，实现了自己最后的心愿。看着女儿拿到毕业证书的样子，矢野感慨道："这孩子终于长大了啊！"她的眼泪止不住地流。

那一天，矢野一家三口在樱花树下拍了张全家福，抬头时，如洗的蓝天、盛开的樱花，美得无比震撼！这一刻，摆脱了长久以来整颗心都放在家人身上、总爱自责的惯性心态，矢野纯粹地感受着眼前的一切，赞叹道："原来樱花这么美，以前的我匆匆忙忙，都没有好好感受过……"

此时的矢野再没有任何遗憾了，在那一天的风景里，她感受到了一种超越肉体生命的力量。

第三章

直面死亡时，才发现没有活成想要的样子

CHAPTER 3

另一个我
正在逼迫我
就范

“必须这样或那样的自己”，
常常在折磨“真实的自己”。

人人都有复原力，复原力能帮助我们面对困难。在了解到自己的人生因为癌症发生了翻天覆地的变化后，有些人会想办法回到正常的轨道，坦然面对失去，开始一种与疾病共处的全新生活，但还有一些人，无法接受患病的自己。

面对失去，最重要的就是不要压抑悲伤，但这些无法接受患病事实的人，就算再痛苦，也不愿在他人面前表现出软弱，他们只是一味逞强、独自苦撑。这样的人，渴望得到他人的理解，却不愿意向他人展露真实脆弱的那一面，最终只能在绝望孤独的深渊里越陷越深。

换句话说，他们是一群不愿意接纳真实自我的人。

为什么不愿意接纳自己呢？

出于一些复杂的个人原因，即使他们真的想要去做些什么改变现状，也总会有“另一个自己”跳出来阻止。在这一章里，我就来和大家谈谈阻碍我们自身复原力发挥作用的“另一个自己”。

被“另一个自己”左右的人，会因为确诊癌症而背负巨大的精神压力，有时甚至会陷入崩溃，但这些人并没有什么特别之处，患癌之前，他们也没有严重的精神压力。他们就是正常人，甚至其中的很多人，还是某领域的成功人士和杰出人才。

这类人中有相当一部分原本就不愿意来门诊咨询，那么想从他们口中获取对治疗有用的信息则更是难上加难。我会尽力在交谈中找到他们回避的问题，慢慢地打开他们的心扉，然后再一起找出他们不愿意接纳自己的深层原因。

和这类患者谈话久了，我发现他们不接纳本真自我，根源往往在于患者和父母的关系，而一个人与原生家庭的关系是在成长过程中逐渐形成的。因此，为了彻底解决问题，患者需要回顾自己的人生。在治疗中，我会引导患者回忆从小到大的成长轨迹，对于被“另一个自己”左右的人来说，回看自己是重新认识自己的最好方式。

在此过程中，我渐渐理解了为什么有人总会受“另一个自己”的影响。

也许他们过去确实需要“另一个自己”——来完成父母对自己的期许、陪伴童年时孤独的自己……但现在他们明白了接纳真实的自己同样十分重要。明白之后，则需要大量的时间和坚定的毅力才能完成转变，我见证了许多人从“另一个自己”的枷锁中挣脱，获得新生。

常听人说“江山易改，本性难移”，但我向大家保证，改变与年龄无关，只要想改变就永远不会迟。

与患者交流的过程中，我发现我的心里也有“另一个自己”。如果体内的“另一个自己”总是和“真实的自己”对抗，别怕！要鼓起勇气大声说出自己的痛苦，体会当时当刻，好好珍惜这种特别的经历。这些都有助于我们重新发现自我、认识自我、解放自我。

接下来，我要分享几个起初不愿意接纳自我的故事。

不能继续工作，还能感受到自我价值吗？

“不继续工作的话，只剩下空虚……”
在患病之初说出这话的人，
已经能好好地接纳当下的自己了。

48 岁的外科医生石原英树来我的门诊寻求帮助。

第一次会面时他就对我说："我其实不想看精神科的，但主治医生建议来看看，我就来了。"

这番辩解其实是为了掩饰他内心的脆弱。"原来是这样啊。我也能看得出，到这儿看精神科并非您的本意。"我回应道。

聊了一阵子，我逐渐了解了石原的基本情况，他也开始慢慢地向我道出心声。原来他的手因为癌症留下了严重的后遗症，一想到再也无法拿起手术刀，他就非常痛苦。他说："我是一名外科医生啊，不能做手术，不能像往常一样工作，我觉得自己没有任何价值了。"

曾经引以为豪的工作，不得不放弃，换作是谁都受不了吧？

石原告诉我，曾经的他一直很有斗志，在专业和工作上丝毫不愿落后任何人，因此付出了常人难以想象的努力。从医学院毕业已经 20 年了，他从一名新人医师成长为一位经验老到的外科专家，生病之前他每天的绝大部分时间都在医院。从医以来，石原严格要求自己，尽力为每位患者提供最准确的诊断，同科室有年轻医生在专业上犯错时，石原会毫不留情地批评指正。石原的严于律己、严于律人，在医院里人人皆知。

我问他："你还记得，当初为什么选择成为一名医生吗？"

"当时我没得选。"石原回答道。

"真的没有别的选择吗？""你当时真的想成为一名医生吗？""现在还想继续做医生吗？""一直以来这么拼是为了什么？"我换了几种不同的问法，追问他为什么觉得做医生是唯一的选择，终于，石原和我讲了他的故事。

石原母亲那边的亲戚中有很多医生，石原的外公更是一位极其出色的外科专家。作为独子，石原从懂事那天起就背负着母亲的寄望——成为一名医生。经过努力，石原如愿考上了医科大学，那时候一向不爱称赞他人的母亲也认可了石原的努力。

刚从医科大学毕业时，石原很开心，但压力也一天比一天难以承受。他知道毕业只是一个全新的起点，自己必须像外公那样优秀。

听到这里，我已经明白了。石原打从心里相信，只有成为足够优秀的医生，才能得到母亲的爱和认可。为了满足母亲对自己的期待，他才一直努力，从不松懈。讲到这里，看上去很坚强的石原抑制不住，流下了眼泪。等他的情绪稍微平复，抬起头愿意和我继续交流的时候，我问他："不做一名优秀的医生，你就一文不值了吗？"

"我不知道。"石原回答道。

成为医生并不是石原的本意，但他却始终为了治愈患者而努力着。

后来，石原又来了几次，坦陈了很多内心真实的感受。患病前，石原总是把患者的感谢视作理所当然，现在，他终于体会到了患者的心情。"患病的人其实都很不安吧……"他小声说道，"我现在抗癌的努力没准儿也能给其他病人一点鼓励和坚持下去的勇气。此前我一直暗示自己：不能这样，不能那样，但现在我接纳了生病的自己，接受了再也不能做手术的事实。"

最后一次来咨询时，石原说："其实，想成为最好的医生，是我对自己能力的挑战和测试。我曾经是个自我要求很高的人，看到新人医生悠闲度日，而我却要承受所有的工作压力时，我就经常生闷气。无论治疗后还能不能做医生，我都想继续留在医疗行业，在其他岗位上尽我所能，帮助他人。”

石原的“另一个自己”带给他的影响并不都是负面的——他因此获得了母亲的认可，成了一名外科专家，帮助过很多的患者，但石原的内心始终充满压抑和痛苦，他人寄望中的自己在和真实的自己相互拉扯。最终因为癌症，他开始重新审视自己的人生，与“另一个自己”决裂，认识到自己的价值是由自己决定的。

只允许自己元气满满
是令人痛苦的

把“抱歉，让您担心了”
当口头禅，
可能跟童年经历有关。

今年 62 岁的松川英子是元气印咖啡馆的店长，是个非常乐观的人，确诊宫颈癌之后，她依旧能笑着说："人怎么能被这种事搞得不开心呢？还是要多笑笑。"她平时喜欢和朋友们一起唱卡拉 OK，完全看不出生病的样子，她的乐观也鼓舞着医生和护士。谁也想不到这样的她，后来陷入了精神危机……

随着病情的恶化，松川越来越容易疲劳，笑容变少了，整个人阴沉起来。她的女儿告诉我，她几乎不再出门，一直宅在家里，和朋友们也断了来往。更让女儿担心的是，松川一直不愿意敞开心扉。

了解到松川近况的主治医生建议她看心理门诊。松川起初并不同意，在医生不断的劝说下，才勉强应允。

是女儿陪着松川一起来的，女儿对她说："什么都可以和医生说。"可松川只是木着脸"嗯"了一声就保持沉默，我请松川的女儿暂时离开。

在我和松川单独相处后，她沉默了好一会儿才说："很抱歉，让您担心了。"

"我明白的，"我回答道，"您不想让家人担心您。您可以相信我，谈话内容我帮您保密。”听到这里，松川慢慢打消顾虑，和我讲了她的故事。

松川结婚后，搬到了目前定居的城市，在这里开了30多年咖啡馆。她说自己很喜欢这里的生活，附近的居民也都经常光顾她的咖啡馆。休息的时候她喜欢和朋友一起旅行，去大自然中散步，但她最近身心俱疲，完全不想出门，咖啡馆可能也要关门了。说到这里，她叹了口气：“实在太没意思了……”

我非常理解松川此刻的感受，人生失去了乐趣，实在是太无聊了。然而我还是很困惑，明明有家人和朋友支持着她，明明曾经的她那么乐观，为什么会陷入痛苦的泥淖，为什么口头禅里有那么多“抱歉”？于是我问她：“是您患上了疾病，身体和生活发生了变化，为什么您要抱歉？为什么对他人的关心感到抱歉？周围的人的确会担心您的身体和病情，但我认为最痛苦的是您本人，您完全没有必要说抱歉。”

松川只回了句：“不，我不想他们为此担心。”

“恕我冒昧，如果您换位思考，您会怎么想呢？假如生病的是您的女儿，她因为沮丧难过而什么都不愿意说，因为她不想让您担心她，您希望看到她这个样子吗？”我问松川。

她顿了顿，说："我觉得还是不要独自忍耐，什么都不说，我会更担心。"

"既然如此，为什么您要选择独自承受，什么都不和女儿说呢？是有什么原因吗？"我接着问。

松川又沉默了好一阵子。"其实我是个孤儿，一直寄住在叔叔家。叔叔婶婶毕竟不是自己的父母，我就要求自己家里凡事要自己扛，不能让叔叔婶婶为我担心。"一开始，松川还能平和地讲述，讲着讲着就忍不住哭了起来，说完之后，她放声大哭。

听她讲的时候，我仿佛看到了小松川孤独的样子，也跟着难过起来。

松川不希望别人为她担心，是因为童年的寄居经历。

看着松川走出诊室，我能感觉到她和女儿的距离在靠近。

那次咨询之后，我再也没有见过松川，但据松川的主治医生说，松川现在十分重视和家人、朋友相处的时间，能够向他们坦陈自己的感受。那个经常说着"抱歉，让您担心了"的松川，也许就此消失了。

是否觉得
一直都活得
很压抑？

总在向他人说“对不起”，
是时候从这种病态中逃离了。

这是乳腺癌患者片冈久美子的故事。

片冈因为乳腺癌陷入了巨大的恐慌和焦虑，甚至会因为出行乘坐电车而感到害怕。虽然已经切除了病变的乳房，但癌症复发的恐惧仍时刻笼罩着她。恐惧感远远超过了她的心理承受能力，令她窒息。

我发现片冈总是习惯性地对别人说“对不起”，比如，当我说“请坐”或者“这是两周的药”时，她就会马上跟我说“对不起”。

我说：“请不要再说‘对不起’了，并没有发生什么需要道歉的事。”可片冈紧接着又说了一句“对不起”，我忍不住笑了：“又来了啊。”

“可能会有些强人所难，但我希望您在该说‘谢谢’的时候，不要再说‘对不起’了。”

“啊，好的。谢谢您。”片冈终于露出了笑脸。

但第二次来咨询的时候，片冈又变回了老样子，不停地说着“对不起”，于是我问她：“您是从什么时候开始总忍不住说‘对不起’的？”片冈一开始没太明白，我换了个问法：“每个人的成长环境、个人经历不同，口头禅也各有不同，您的口头禅‘对不起’是从什么时候开始出现的？”

片冈和我讲起了她的过去。片冈的童年过得并不愉快，因为父亲。

片冈的父亲是一位白手起家的商人，严厉、缺乏耐心。有一次，他带着片冈和片冈的妹妹去百货商店，交代她们：“不论价钱，半小时之内挑一件自己喜欢的东西。”那个年纪的片冈希望得到父亲的表扬，但她并不知道该怎么选，就选了一个大布偶，妹妹则因为挑了一件昂贵的玩具而得到了父亲的赞赏。全家人一起去高级料理店吃饭，父亲对姐妹俩说：“随便点，你们想吃什么都可以。”片冈只点了一个黄瓜寿司，妹妹却立刻说：“我要金枪鱼寿司！”每当发生这类事情时，父亲总是对着片冈叹气。

片冈原本非常喜欢和父亲待在一起，她喜欢自信满满的父亲，但一次次从父亲那里收到“你真是个废柴”的暗示后，片冈变得害怕和父亲相处。不仅如此，片冈也慢慢地不敢在其他人面前表达自己真实的想法，很小就学会了察言观色。片冈深信，自己就是废柴，她逐渐自卑起来。

片冈的丈夫和她的父亲完全不同，是个十分温和的人，总是愿意耐心地等待慢吞吞的片冈。结婚后，丈夫对片冈很好，只冲她发过一次火。在片冈确诊癌症后，她顺口和丈夫说了一句“对不起”，丈夫说：“你在说什么?!这不是你要道歉的事！好好照顾自己最要紧。”

随着交谈深入，片冈意识到了自己恐慌的原因。虽然婚姻生活很好，但她始终害怕会被人否定，对她说“你不行”。患上乳腺癌后，每次看着镜子里自己憔悴的样子，她都感觉快要撑不住了：“也许我真的会死于癌症，但我不想让余下的生命在窒息的绝望中结束。”

“我可以做真实的自己吗?”片冈问我。

“当然，您完全可以决定自己的样子和自己的生活。”我回答说。

从那以后，片冈穿起了亮色系的衣服，常常和朋友们外出逛街，性格也变得开朗了。

走近真实的自己，重新观看自己的生活，找出自己停滞不前的原因，就能开始改变。

把“必须”当作信条，只会走进死胡同

真实的你，
是你想成为的那个自己，
而非别人期待中的你。

石原、松川和片冈，他们都被心中的“另一个自己”拉扯着：石原的“另一个自己”让他相信他“只能成为优秀的外科医生”，松川的“另一个自己”总在提醒她“不能让别人担心自己”，片冈的“另一个自己”则总是贬低她，让她认定“自己什么都不行”。

即使在他们患病后最无助、希望有个人可以依靠的时候，内心的“另一个自己”也还在提醒他们“不能抱怨，不能抱怨”，于是，他们只得继续忍耐下去。

不光他们三位，我们每个人心中都有不同形态的“另一个自己”。

最初来到这个世界时，我们都是“想要的自己”——那时，我们做事都出于本能，难过了就会找父母哭诉。但随着我们长大成人，开始和他人打交道，一个总说着“我不能抱怨”“我必须更加努力”“我必须干净整洁”……的“必须的自己”出现了。

“必须的自己”对我们的人生并非只有负面影响。石原就因为一直抱有“必须成为优秀的外科医生”的想法，才一路坚持并实现了梦想。

无论是“想要的自己”，还是“必须的自己”，都是我们的一部分。我个人认为“想要的自己”出于本能，所以更接近真正的自己。可我们不能只顾本能，还需要激励自己，也就是需要能给自己带来正面影响的“必须的自己”。不过，如果“必须的自己”太过强势，“想要的自己”就会不舒服。这种情况下，即便“必须的自己”带来的是正面影响和鼓励，“想要的自己”也会发出悲鸣、感到窒息。

那些体内“必须的自己”占据强势地位的人，在遭遇变故，无法继续按照内心“必须”的指示生活时，就会遇上难以迈过去的坎儿，甚至失去方向，困在自己造出的泥沼里，不能前进，也无法就此放弃。

通常，面对失去，最重要的是不要压抑情绪，可“必须的自己”却不允许我们流露出哪怕一点点的悲伤。这样，我们的内心就出现了拉扯。然而，如果以此为契机，寻找新的出路，放下负面、低能量的“必须的自己”，让积极的“想要的自己”做主导，就能收获心灵的自由，像松川和片冈那样。

虽然这种自由不能帮助他们摆脱疾病带来的身心困苦，却让他们接纳了自己，变得更有活力。

多多关注内心“想要的自己”，不要被“必须”掩盖了真实的感受，心里便会踏实很多，迷茫空虚也会少很多。

成年后，我也很少关注内心“想要的自己”，被工作、生活中的许多事推着走，有时候也会不知所措，内心空荡荡的。我很感恩和患者们的相遇，他们的经历提醒着我：别忘记倾听内心的“想要”，珍视自己真实的感受。

第四章

请直面内心『想要的自己』

CHAPTER 4

人终有一死，为什么还要努力活着？

成年之后，
“死亡”就不再只是一个陌生的词汇。

我想和大家分享我的故事。

2003年春天，我开始在日本国立癌症研究中心工作。那时的我刚刚结束培训，开始了精神科医生的职业生涯。这让我有了一个很大的错觉，以为自己已经是一名成熟专业的医生了。

在此之前，我接触的病人都是典型精神疾病的患者，我曾经工作的医院也以药物治疗见长，因此当时的我以为，精神上所有的痛苦都可以用药物治疗。直到进入临床工作，我才深切感受到患者们除了生理上的痛苦，还经受着精神上的折磨。那时的我总觉得自己能够拯救他们，以为只要在癌症研究中心工作就可以帮助病人。现在回想，这些念头是很幼稚的。

在癌症研究中心的工作并没有我预想的顺利，所有美好的幻想都在工作的第一天破灭了。培训课上学到的东西都是纸上谈兵，对临床工作没有丝毫帮助。

前来咨询的大多数患者，他们的人生阅历都比我丰富，他们咨询的问题大都与“死亡”“疾病”相关。那个时候，当病人问我“我的时间不多了，该怎么办”时，我完全不知道该如何作答。

如此工作了一段时间后，我在想：这样子的我，怎么可能帮到他们？那个稚嫩、迷茫的我，一定给患者们留下了不专业的印象，我至今都感到羞愧。

没有达到期望，觉得自己毫无用处，那段时期太痛苦了。我不停地思考自己存在的意义究竟是什么，甚至在想干脆放弃这一行，回家算了。

那时候，除了自我怀疑，还有一种冲击让我十分难过——我只能眼睁睁地看着病人们一个接一个地死去，他们当中，有我的同龄人，还有不少年纪很小的人。那些同龄人的故事最触动当时的我，我和他们深深地共情，能清晰地感受到他们的心情。如果他们当中有人不解“我明明还很年轻，为什么被剥夺了未来”，带着不舍和不甘心的念头去世，他们的不甘心和难过便会以某种形式留在我心里。

工作能力尚且不足，患者的问题和情绪又覆盖着我，难以应对，这让我一度怀疑自己的价值，最严重的时候，我甚至想过不如死掉算了。

怀疑自己，负能量无法疏解，机械地过着每一天，那时的我其实很空虚。

不过即使这样，我仍相信只要按照自己选择的生活走下去，总有一天会拥有充实的人生。我说服自己继续坚持，继续在自己选择的路上寻找生活的意义。

“在癌症中心工作，是不是就能找到生命的意义?”这是我最初决定来中心工作的原因。死亡是所有人终将面对的结局，年轻的时候，谁都会觉得死亡对自己来说很遥远，但我们常常忽略了死亡不可预测，谁也不能保证它不会提前找上门来，它正像达摩克利斯之剑般悬于每个人的头顶。这是这份工作带给我的——在此之前，我从来没有认真考虑过“死亡”，这份工作让我真切地感受到“死亡”就在身边。

可能有人会问：当初做得那么痛苦，为什么不换个工作呢？因为患者们竭尽全力想要活下去的样子打动了我。从前我只知道马丁·路德那句“即使明天是世界末日，今天我也要种我的苹果树”，但“明明知道自己的生命就要结束了，却还能无比认真地过每一天”是什么样的体验，那时的我并不懂。我只是觉得，把这份工作坚持下去，我可能会有新的领悟。

认定“应该怎么活”，就会忽略“如何为自己而活”

我是在“应该怎么活”的语境中长大的，
这是我第一次思考“如何为自己而活”。

当时的我为什么感到空虚呢？大概是因为我没有坦诚地面对自己。在我的成长过程中，早已形成了一个强势的“必须的自己”。由于自小性格内向，在“必须的自己”面前，“想要的自己”失去了发声的勇气，即便偶尔会鼓起勇气小声说出真实的感受，也很快就被强势的那部分自我略过了。

我们那一代人被称为“团块世代”，大家普遍都接受了权威教育，多少都遭受过竞争压力、校园暴力，那是一个比现在压抑很多的时代。我至今还记得，当时发给我们的学生手册里，一条条详细地写着允许留的发型、在校内可以携带的东西、袜子的颜色、裙子的长度等等。如同这本手册对学生整齐划一的管理，当时的社会氛围下，个人的思考方式、着装细节、行为模式，处处都透露着对个性的抹杀和对集体的崇拜。

在这令人窒息的环境下，涌现出了一批拥有强烈自我意识的学生，他们用各种方式对抗着权威的管理。那个年代广为传唱的歌曲《毕业》，就塑造了全力反抗权威的年轻人形象。歌曲的流行，从一个侧面反映了当时年轻人正在经受的束缚以及渴盼自由的心情。那个时期，“以自我为中心”的音乐、文学作品都非常受欢迎，“找寻自我”是大家共有的内心关键词。

我的父母花费了巨大的心力抚养我，毫无疑问，他们是爱我的。他们养育了幼小的我，教会我各种知识，给我前进的动力，我对他们充满了感谢。然而，即便是这样的父母，也在不停地向我灌输“必须这样活”的观念，几乎从没鼓励过我去思考我想要怎样的生活。他们总把“不要偷懒”“必须成为一个对社会有用的人”之类的话挂在嘴边。小学四年级转学后，我没能很快地适应新环境，被同学霸凌了，整个人变得越来越封闭和自卑，对自己越来越没有信心。当时的我一点儿都不相信“长大了就好了”，我变成了一个胆怯的孩子，一点儿反抗的勇气都没有，只会被动地接受一切，彻底把“想要的自己”关在内心深处。因此，我很羡慕积极阳光、能够活出自我的人，极度厌恶那个卑微弱小的自己。

渐渐地，“必须的自己”开始主导我的人生。它总会根据父母和他人的评价来判断我未来的道路是否正确，总会被周围人的意见左右。最严重的时候，我已经彻底感受不到我的本心了，每天都在问自己：到底为了什么而活？

有一个文化现象也与此类似。日本有句俗话叫“解读空气”，也就是“揣度”的意思。在日本，集体高于一切，它要求我们，即便知道某物是白的，也不能说出来，为了集体的一致，只能认为它是黑的。

如果能做到日本文化里的“解读空气”，就可以根据场合读懂集体的意思，而如果做不到的话，冲突的自我就会让人非常难受。内心的冲突不解决，我们就会越来越烦恼，困在“到底是为了什么而活”的难题里。

我一直压抑着自己“想要”的冲动，在空虚和迷茫中长大，在父母和社会的规则引导下读书、工作。大学毕业后，我成了一名医生，每天都忙于各种琐事，根本没有时间去思考自我，直到患者的一句“剩下的时间我该如何度过”才敲醒了我——原来我一直都不知道答案是什么。到这个时候，我才意识到必须好好正视这个问题了。

患病却
依旧积极生活的人

从事癌症治疗临床工作的第二年，
有一位积极抗癌的病人给我上了一课。

从没有接触过癌症患者的人，对患癌的理解多是“很辛苦”“很难熬”，但如果你或者你的家人朋友中有人不幸得过癌症，你就会真正明白癌症带给一个人的身心折磨是什么。

癌症带来的压力，会让一个人意识到死亡近在眼前。它打乱了原本正常的生活，即便是那些原本积极、生活充实的人，在癌症的影响下也会失落一阵子，失去未来的方向。这些发现都给了当时的我很大的冲击。

刚刚确诊癌症的患者，语气里充满了对现实的无奈、愤怒、悲伤、绝望等负面情绪，我一边倾听他们的故事，一边在想他们今后该怎么办。

我那时不认为癌症病人能轻易走出绝望，光是听他们诉说就已经让我很痛苦了。我想逃离，但我不断提醒自己，我的工作是倾听，待在这里倾听是我的职责，无论如何都要坚守岗位。

那个年纪的我，不断见证着很多不可思议的事情在眼前发生。虽然生病的痛苦不能完全消除，但是患者们的心态在慢慢发生变化，大家会变得比生病前更加珍视平凡的每一天，在去世前，很多人对生活充满了感激。

在癌症中心工作的第二年，有一位病人给我留下了终生难忘的印象。他是一位 20 多岁的口腔癌患者，比当时的我要小几岁。他做过手术，但癌症还是复发了。在被告知这个消息时，他生气地大吼：“我到底做错了什么，为什么要这样对我 ?!”很快，口腔内的肿瘤越来越严重，他无法正常进食。那么年轻就得了这么严重的病，他心里一定也很难过。我想为他做点什么，于是主动申请由我来负责他的心理咨询。

我认真翻看了他的病历，换位思考如果我是他，我现在是什么心情，一定无法忍受吧？他会对我说些什么？我又能帮到他什么？真正见面后，我发现他其实很积极乐观，微笑着对我说：“谢谢您来看我。”他对家人和护工也很温和，怀着感恩的心情对待身边每个人。看着他一边开心地喝果汁一边谈论自己喜欢的小说，我不理解，他为什么能这么平静。

我从他身上看不到任何绝望的痕迹，只看到他十分感激、十分努力地生活着。他毫无顾虑地和我谈论他的生活、他喜欢的东西，而我对他的态度则显得过于小心翼翼了。

他离世后，他的父亲含着泪对我说：“他已经很努力了，最后的日子多亏了您的照顾。”尽管内心悲痛，他的父亲仍旧调整心情，对医护人员表达了谢意。

医院里每个认识他的人都为他的离去而难过，他直到最后也不放弃的精神给了我们很大的感动和思考。

在有限的余生克服随恶疾而来的种种挑战，没有迷茫却步，反而更加积极地面对每一天，这种态度令我深深敬佩，也带给当时那个迷茫、找不到生存意义的我很大的震动。我渐渐地相信前方一定有条路在等着我，我开始对未来有了期待。

人生
是一场单程旅行

与死亡相处的日子里，
我渐渐形成了自己的生死观。

从前，一想到随时有可能生病甚至死亡，我就有强烈的不安、恐惧和焦虑，想着想着就会悲从中来……之后，因为工作和死亡亲密接触了一年，再想到疾病和死亡时，我平静了很多，想法也改变了。虽然每个人的终点都是死亡，但在那天来临之前，我们还是有足够的时间好好生活。

现在身体健康，并不意味着未来会永远健康。只要一想到这个，我就再也不会想当然地认为明天总会如期而至，每一天我都庆幸自己拥有的时间。

我试想过，将来年老卧床的自己回忆起年轻的自己，会是什么感受？应该会既羡慕从前，又隐隐觉得遗憾吧。我也曾在某次下班后和同事一起喝酒的时候，严肃地想：等我老了就再也无法享受这种啤酒时光了。每当这些念头闪过，我都会发自内心地感激当下我所拥有的一切。

就这样，我逐渐形成了自己的生死观。

生死观，是一个人对生死的思考方式，它在思考生命的过程中形成。来癌症中心工作前，我从来没有慎重思考过生死。在这里工作越久，越不得不面对病人离世的现实，不得不正视死亡。

关于死后的世界，科学的解释无法让所有人接受，我们每个人对于死亡都有着自己的想法。有人相信，死后自己的灵魂将去往另一个全新的世界；有人相信，死后的灵魂会投胎，再度来到这个世界；也有人坚信死亡就是终结；还有一些观点，认为人只要生前留下了回忆和作品，那么他和他创造的东西就会长久地活在生者心中，从这一层面来说，人有机会永远活着。

当时的我相信死亡是一切的终结，因此过好每天平凡的生活，珍惜每个当下，似乎就很不错了。

但不断面对生死之后，我开始有了新的烦恼——怎样才能在活着的时候找到生活的意义？就在我烦恼不已时，某个电视节目里的一句“人生是一场单程旅行”击中了我的心。说者无心，听者有意，那个瞬间我恍然大悟。把生命看成一趟有去无回的旅行，每个人只有一次机会，路上我们和不同的人相遇，经历各种新奇的体验，如此，只要能享受自己的行程，尽情地感受和体验，这一趟就算没有白来。

并非人人都认同，但当我想到这一层时，我第一次从对死亡的恐惧中抽离了，看待生命时也有了全新的眼光。

从现在开始，
试着讨好自己

别在意他人对自己的看法，
真实地表达感受，
珍惜和至亲挚友的每一次相聚。

在我意识到人生是单程旅行后，我从最初的烦恼里解脱了。

因为不知道意外和死亡哪一天会降临，我开始珍惜那些被埋没在日常生活中的邂逅和机遇。珍惜生命中的时光对我来说是一件很开心的事，它成了我面对被压抑着的“想要的自己”的契机。

一直以来，我都被“必须的自己”所束缚，我不知道什么才是自己想要的，即使我试图去倾听内心“想要”的声音也难以成功。在完全听不到自己“想要”的声音时，我又该走哪条路呢？那些体验过癌症、比我更真切地感受过死亡的患者给出的答案，便成了我的人生指南。

正如我在第一章中讲到的，100 个人就有 100 种烦恼，而如果有 100 个病人，就会有 100 种不同的方式面对他们。

过度在意他人的评论并不会给我们的生活带来快乐，与其被束缚着过完一生，不如听从内心的感受，好好把握时间和身边的人相处，享受当下的生活。

说实话，我曾经有过辞掉工作休息一段时间的想法，但后来我发现，在不改变大环境的情况下，试着调整自己的心态也能让自己活得更加轻松。现在的我每天都活得很满足。

接下来是几个了解自己内心“想要”的小窍门。我不确定这些对我来说十分有效的方法是否也能帮助到大家，但如果它们能为正在读这本书的你提供一个参考，我就十分满足了。

有一段时间，我觉得自己所从事的工作已经完全超出了我的能力范围，整个人完全被无尽的工作所包围。我很明显地感受到自己的效率在急剧下降，但当时的我不知道怎么拒绝这些要求，这使我陷入了一个恶性循环。

如果让现在的我回过头来看当时的自己，我只听到了“必须”的自己在不断说：“这样不行！”“如果放弃了会让大家失望的！”完全感受不到“想要”的存在。现在，我想对当年的自己说，“如果只能活成‘必须’的自己，那么人生将会过得相当痛苦。”

不敢拒绝别人，害怕被群体孤立，只能硬着头皮去不想参加的会议，做不想做的事，而完成之后，又开始害怕别人说“如果不能做得更好的话是不行的”……我知道，拒绝他人并不是一件容易的事，但如果我们因此被迫承担了太多压力的话，生活就会逐渐空虚化，我们也会随之失去生活的动力，甚至有可能患上抑郁症。因此，我希望大家在听“必须”的声音之前，能好好想一想：这一切值得吗？

接下来我们需要做的就是从细节开始做出改变。

我对“必须”的第一次反抗是用一部电影取代了一场无聊的会面，那天我被电影的美所打动，心灵也得到了治愈，甚至睡觉的时候心中也多了某种充实感，这使我更加确信它是一条正确的道路。

从那以后，我开始慢慢有了反抗“必须”的念头，也就不像以前那样害怕“必须”的自己了。

试着听从
内心“想要”的声音

正在困难中挣扎的人们啊，
请好好听听自己内心的声音，
珍惜自己的心声。

如果你感到自己正在拘束着生活，请务必好好听听内心的声音，看看自己是因为什么而悲伤，又是因为什么而愤怒。若只是一味压抑自己的情绪，那么迟早有一天，我们会变成一具没有情绪的行尸走肉。

在我做出反抗“必须”的决定后，我开始珍视自己真实的感受，但是大家切记，不要在痛苦的时候做重要决定。能否意识到“死亡”“生命有限”，会直接影响我们的判断和决定。

某件事对你来说意义重大，非做不可，可你一直都只是停留在想的层面，从来没有付诸行动，这种情况下，你可能永远也无法完成这件事。没有意识到“生命有限”，无限拖延，就什么都做不了。如果有想做的事，只需要记住：好好准备，尽管去做。

另外，我们可以从生活中的小事、日常细节开始练习如何倾听内心“想要”的声音。举一个我自己的例子。我有段时间总在午饭时纠结“吃乌冬面的话一口就没了，吃猪肉盖饭卡路里又有点太高了”，为了吃什么而犹豫不决。后来我发现只要稍稍从计算中抽离出来，专注于问自己“现在想吃什么”，就很容易做决定了，我的手会自然而然伸向我当下最想吃的东西。

不用过分关注那些硬性的道理，只要听从自己的内心，哪怕是吃东西这样的小事，都会感到开心、满足。下班后，我经常会去逛书店和影像店，并不是为了买东西，只是单纯想去逛逛，放松心情。每当这种时候，我都不会让其他思绪影响到自己的决定，只是专注、放松地享受闲逛的时光，满足自己内心的“想要”。

我们常常忘记，跟随心灵的指引，会活得更轻松，尤其是在压力与日俱增的现代社会。无论怎样，还是要记得：任何处境之下，都不需要给自己太多的限制，多听听内心“想要”的声音。

第五章

观察死亡，就是观察如何生活

CHAPTER 5

如果没有死亡，世界迟早会崩溃

生命有限，
我们永远无法预知疾病
和意外什么时候降临。

“我可能就要这样病死了，你能和我说说话吗？”

如果有一天你的家人或朋友这样说，你会如何回应呢？

大概是和生病的亲友说些“别说不吉利的丧气话”“一定会没事的”之类的安慰话。不妨做个假设，你自己正在遭受一场大病，但得知亲友的反应后，哪怕你十分渴望找人说说话，大概也会因为顾虑他人的感受而放弃。

前四章中我们讨论了死亡和生活的关系，但直接谈论死亡在当下仍然困难重重，毕竟我们的社会从不提倡大家主动去思考死亡。

不容忽视的是，现在是一个越来越多的人能够活过100岁的时代，老龄化现象也越来越严重。由此，引出了另一个必须认真面对的问题：我们应该如何度过漫长的老年时光？

长寿本身是好事，只是我有些隐隐的担忧：“百岁人生”背后是不是透露出了一种轻忽，一种将“死亡”抛在脑后不去面对的逃避？在对年轻、健康的追求中，也隐含着一种对“不老”“不死”这种不可能实现的目标的追求。

我目前从事的工作是帮助人们远离对死亡的恐惧。

在过去没有大型医院的时代，医生需要亲自去患者家中为其治疗，很多患者也是死在自己家中。那个时候的人大多见过家人离世的样子，对死亡有明确的记忆。后来随着大型医院的建立和发展，人们死亡的场所渐渐从自己的住宅转移到了医院，而死者的遗体常常会从医院后门被悄悄送走，诸如此类，我们和死亡拉开了距离。

医学存在的首要目的当然是守护健康，因此，救治和延长患者的生命也自然成了重点。但我们必须清醒地认识到，医学再发达，也无法拯救所有人，没有人能避开死亡。

尽管这个认识十分重要，但在目前的医学教育体系中，我们严重缺失有关“如何看待患者”和“如何面对患者的死亡”的教育。曾经有位相识的医生对我说：“不能放弃任何生的可能！病人的死亡就是医疗的失败。”我并不认同他的观点。如果医生只知道如何治愈患者的生理痛苦，却不知道该如何照护患者的心理健康，造成的后果之一就是过度医疗——患者在生命的最后浑身上下都被插满了管子。虽然这种方法可以有效延长患者的生命，但这是不是患者自己想要的呢？

我们为什么会回避死亡？这才是整个社会都应该反思的

问题。

在活着的每一天都能够认识到生命有限，这对我们意义重大。一个无法感知死亡的人类世界终将无法正常运转。在盛年猝然离世的人也许无法意识到衰老和死亡的存在，但对于大多数普通人来说，我们必须对衰老和死亡有所认知，因为我们每个人在生命中的某个未知时刻都得独自面对死亡。

“生命有限，我们永远无法预知疾病和意外什么时候降临。”这句话可能会让你觉得不舒服，但不要等到死亡来临的那天，才觉得它没有说错。等到那时候，一切就太晚了。

那些一直过着健康生活的人在生病时往往不知道该如何面对事实，为此感到十分烦恼。因此，我们需要在疾痛还没降临时就做好心理准备。

“我发现，观察死亡其实就是在观察如何生活。”我的很多病人都曾这么对我说。意识到生命是有限的，人就有了“不要浪费时间”的意识，进而能更好更充实地度过每一天。健康的现代人常常沉浸在追求年轻的幻梦里，而忽视了生命的短暂和无常，忽视了死亡。

该如何回答
“人死了会变成什么”

濒临死亡时，
任何形式的逃避都毫无帮助。

现代社会回避对死亡的讨论，这是什么原因造成的？

我觉得，这和我们的生物本能有关。举例来讲，当我们站在危险的高处、遇到猛兽，或者被歹徒用枪指着时，都会心跳加速、身体颤抖，产生强烈的恐惧感——身处险境时人的身心都会有强烈的反应。和原始社会不同，现代人没有被危险和饥饿包围，很多本能便退化了。

另外，文明和科技发展到今天，人类可以预测很多未知。天气预报、地震预测，井然有序的电子控制系统令各种交通事故逐年减少，而体检也能帮我们了解健康隐患，提前治疗和重视……因此，虽然我们恐惧死亡，知道生命有限，死亡不可避免，但是种种预测机制也起到了心理缓冲作用。比起原始人，我们对死亡的敏感度还是不可避免地降低了，这使得我们日常里对死亡的意识和敬畏，总在起伏变化。

害怕死亡又回避思考和面对死亡，人类是如何陷入这种矛盾的？

中世纪，人们对死亡有一个具体的印象。因为当时的人普遍信仰宗教，而宗教经典中都有对死后世界的详细描绘，人们相信死后有来生，只要做好事就可以去往极乐世界。现代社会，信仰宗教的人不断减少，越来越多的人相信科学，思考也建立在了科学的基础上，但“人死后会怎么样”这个问题，科学却始终无法给出确切的解答。于是，对于无法解释清楚的“死亡”和“死后”，现代人最简单的应对措施就是回避。回避死亡的现代人不在少数，很多人在大病和意外来临之前，从没有认真思考过死。

希望大家能认识到回避和逃避死亡只能是暂时的，无法解决根本问题。如果你从未生过大病、遇到意外，逃避不面对暂且没有问题，但如果你正经历着疾病或意外，不得不面对死亡，不妨趁此机会，从简单的逃避阶段进入应对状态吧。

让我们开始认真思考死亡。

当我们开始真正思考时，会发现我们对死亡的印象已经在不知不觉中发生了变化。正如已故的树木希林所言，“死亡并不是坏事”，在过去的心理学研究中，我们已经在一定程度上明确了面对死亡时需要思考什么。接下来，我想分享我对一些与死亡相关问题做出的分类思考。这三类问题各有应对方式，如果我们把“死”放在一个模糊的时空里，认真思考死亡时就会感到焦虑和恐惧，但当我们把自己对死亡的思考具体化、问题化，便会清楚地明白我们的恐惧有哪些。到了这一步，我们才能针对不同的恐惧和担忧做出不同的准备和应对措施。

人为什么害怕死亡？

1. 对于死亡过程的恐惧

人生最后，要经历怎样的痛苦？

癌症所引发的疼痛无法忍受吧？

2. 自己离世了，留下了现实问题

孩子还小，以后该怎么办？

谁来照顾年迈的父母？

想做的事还没有完成怎么办？

3. 对于自我消亡的恐惧

死后的世界是什么样子？

离开人世，到底是怎样一件事？

我们有办法
缓解濒死的痛苦

临终关怀医学在发展，
病人与癌症的斗争不再只以拯救生命
为最终目的。

我们害怕死亡，主要是因为我们不知道在生命的最后，自己会经历怎样的痛苦，并且不断地放大着这种未知。

无论是新闻报道，还是小说电影，总会聚焦患者与病魔斗争的一面，放大痛苦和抗争，浓墨重彩，很容易唤起大众对癌症和其他重症的心理焦虑。好在因为职业关系，我能接触到大量的真实病例，也能看到不同人面对癌症的不同反应。例如，去病房巡查时，我看到很多病人在和家人愉快地聊天，医护人员也都笑容满面，并没有刻板印象中沉闷的气氛。当然，也有些病人在经受着身心的双重压力，没有办法轻松面对与疾病相伴的日子。

癌症引发的疼痛无法忍受，有没有办法缓解这种生理性痛苦？

日本国立癌症研究中心的网站上有各种癌症缓解治疗的信息，许多由癌症引发的生理性疼痛可以通过止痛药来缓解。除此之外，现在的临终关怀手段也在不断进步，帮助患者面对癌症的方法越来越多了。

我们的大脑往往会在遇到困难时想象出很多悲观的结果，而悲观想象让我们的内心备受折磨。只有掌握正确的癌症应对方法，才能减轻恐惧，获得安全感。

我们常常会对重病患者说“期待最好的结果，但也要做好最坏的打算”。随着医学的不断发展，曾经的绝症的确有了治愈的可能，比如肺癌，在今天就不是无药可治的，我们有了应对之策。

除了心理上的鼓励，我们也为癌症患者提供了各种辅助的治疗手段，帮助患者减轻生理性痛苦，为康复做准备。治疗方案越来越多样化，有些患者康复效果明显，我们会为其提供一套适合居家治疗的方案。

帮助患者分解痛苦、用药物缓解生理性疼痛、提供医院之外灵活的治疗方案……只要我们继续努力，相信就能减缓大家对“死亡过程”“临终痛苦”的恐惧。

是时候完成一直在拖延的事了

濒临死亡，我们才愿意面对
自己人生最重要的事。

自己离世了，留下的现实问题有哪些呢？

家人会不会有经济困难，尚未完成的工作要怎么办……一些很具体很琐碎的问题都成了眼下不得不去想的事情。

对于这些生活和工作上的未竟之事，我们有必要和家人、同事好好商量，做好离开的准备。

是时候放手告别了，哪怕有再多的遗憾和不舍萦绕心头。生命突然宣告限期，也不是糟糕透顶的事。知晓就要走到终点的消息，某种程度上也有积极的一面，最明显的就是，必须要着手处理那些一直在拖延的事情了。比如，有的人会主动联系从前闹翻的朋友，解开各自的心结。

不久前，我拜访过一位卵巢癌晚期患者荒井真由美。在这次见面之前，她不太愿意谈论自己的事情，来咨询的时候都表现得极为勉强。每次我们的交谈都十分短暂，但那天，她看起来有点不一样。察觉到异常后，我问她是出了什么事吗，她这才告诉我："是我孩子的事。我和丈夫有两个孩子，今年一个 12 岁，一个 8 岁。小儿子是我接受不孕不育治疗后生下的，一出生就患有唐氏综合征。因此我一直在想，当初想要第二个孩子，是不是太自私了？我发誓要好好照顾小儿子，可我却得了癌症。现在是我的哥哥在帮我照顾孩子……”她说这些的时候，一直在哭。

我问她，为什么一定要生小儿子？她说，因为自己从小生活在有兄弟姐妹的大家庭中，潜意识里就觉得没有兄弟姐妹一定会很孤独。于是夫妻俩商量后接受了不孕不育治疗。

听到这里，我对荒井说：“每个接受不孕不育治疗的人都有各自的原因，你是为了不让孩子孤单，这怎么就是自私呢？”

荒井边哭边说：“我明白您说的，但我还是会怪自己……”

我试着换位思考，体会荒井的心情，继续问她：“你的两个孩子，是怎么看待你生病这件事的？”荒井回答说：“我不想让孩子们看到这样的我，最近都没让他们来医院。”“难道你打算再也不见孩子们了吗？”听到这里，她半天都没再说话，独自想着什么。

后来，夫妻俩商量了一下，丈夫接了两个孩子来医院。刚到病房时，哥哥看上去有些担心弟弟，而一旁的弟弟也紧紧地抓着哥哥的手。荒井看着孩子们说：“你们长大了……”然后用自己瘦弱的身体抱住了孩子们。两个孩子似乎感觉到了这是他们和妈妈最后的告别，一直在哭，离开病房时还不停地回头看妈妈。

几天后，我去看望荒井的时候，她和我说："孩子们以后也会经历痛苦，但我相信他们会找到自己的方式，在这个世界上努力生活下去。我从前一直以为他们需要被保护，是弱者，但这些只是我的错觉。"

荒井心态上的变化，我也无法清楚地知道是什么原因促成的，但很确定的是，离开前，荒井做到了很多年来都做不到的两件事——相信孩子、原谅自己。

要意识到意识
也会随着死亡而消失

每个人对死都有不同的认识。

有些人觉得因癌症而死，是不错的死法。

前面提到了“对于自我消亡的恐惧”，这里的“自我消亡”指的是灵魂的灭亡和消失。肉体死亡后，自我会消失吗？如果消失的话，人自然就没有感觉了，没有感觉是什么样的感觉呢？可惜我们没办法向死去的人提问，死后的世界对我们活着的人而言，充满未知，未知让所有人恐惧。

美国精神病学家欧文·雅洛姆曾说过：你如果担心死后的自己，有什么理由不担心出生前的自己呢？

的确，没有人知道自己出生之前到底经历过什么，所以我们也没有必要去担忧死后自己会遇到什么。

有一些人认为，死后我们会进入另一个世界。

过往的咨询中，曾有一位上了年纪的女士和我分享她眼中死后的世界。她说：“上次我梦见我丈夫了，如果我死了，就能再见到他了。”我回应说：“听上去，您很期待再见到您的丈夫，他生前是个什么样的人呢？”她开心地和我分享起了与丈夫开心的往事，说着说着整个人也渐渐平静了下来。

来咨询的人里，有一部分人相信人死了就什么都没了，这些人十分恐惧死亡。

刚刚工作的那几年，我也不知道该如何面对这类病人。

直到我认识到“死亡只是生命这趟旅途的终点”、建立起自己的生死观时，我才能够和病人们分享我对生死的看法与思考。

宗教学者岸本英夫认为，死亡是我们和生命中重要之人的一次盛大别离，如果能为了这场告别做好相应的准备，我们的内心也能相对地获得平静。

一趟旅程的终点也好，一次盛大的别离也罢，无论你怎么看待死亡，你都在努力活着的同时，或多或少为自己的死亡做着准备。

相信很多人都想过，如果自己能突然死去该多好，这样便不用遭受死前长时间的身心折磨了。当抱持这样想法的人真正意识到死亡带来的全部影响后，他们就不会再希望自己突然离世，而会开始认真地为一生的最后一幕做打算。

海老原敏医生说过：“因癌症而死亡，其实算是一种还不错的死法。”我想很多了解癌症的医生也会认同。

前来咨询的病人中，也有人觉得，哪怕死后的世界并不存在，只要生者中还有人能记着自己，那么便相当于换了一种方式存在于这个世界。能这么想的人，自我消亡的恐惧也会跟着减少。

有一位65岁、大肠癌晚期的男性，他最近来咨询的时候，向我感慨自己非常怀念家乡的一切。小时候爷爷奶奶总是宠着他，经常带他去超市买零食，叔叔也把他当亲儿子一样疼爱，常常带他四处兜风；盛夏时和父母手牵着手一起去澡堂，与青梅竹马的女孩一起在海边兴奋地看烟花，过年的时候和亲朋好友相聚、畅谈……记忆中的每段日子现在想来都无比温暖，让他觉得自己其实一路都收获着满满的幸福。因为有那么多人关爱着自己，他才会始终都对人生充满感激。他说："我也算其他人人生中的出场人物吧，可能是配角，可能是主角，也可能是个让人不那么愉快的角色。当我离开这世界时，我还活在不同的人心中，而这些人离世时，又活在其他人心中，会再被生者想起、念起。我将自己和重要之人的回忆存放在心里，在我离开这个世界前，把美好的回忆分享给家人朋友，这样想来，我这个人、我的生命好像也连接起了不同的人生。"

拥有平凡的一天，就是一种幸福

假设已经到了一年之后，
你躺在病床上回看此时此刻，
会觉得后悔和遗憾吗？

学生时代，我曾经因为危险驾驶而差点丧命，至今想起来还是后怕。偶尔想起那次事故，我都会假设：如果我当时就死了，留给自己和家人的会是什么？再回想幸存之后的日子，我更深切地感受到自己一直以来都是被身边人温柔相待的，是被生活的温暖包围着的。

如果你也有类似的劫后余生经历，请好好珍惜它带给你的体会和思考。

我想讲讲“癌症记事本”网站的负责人岸田彻先生的故事，他曾和偶像组合“岚”的成员樱井翔共同出演过保险公司广告，大家还记得他那爽朗的笑容吗？

岸田 25 岁的时候被确诊了胚胎肿瘤，进一步检查后更是确认癌症已经扩散。“全身扩散，就真的不行了吗？医生说如果只是扩散了一半都还有救。虽然那时我已经做好了最坏的打算，但我仍然希望自己是幸运的那一个。”他回忆起曾经时这么说道。

乐观如岸田，也无法在癌症再次复发时控制自己的情绪。“我不想就这样死去，”他说，“刚刚确诊的时候其实没有太多感觉，看起来很积极，更像是在看别人生病一样。复发的时候，也是我刚开始做‘癌症记事本’的时候，我不想半途而废。在我有点动摇时，一个一直支持我的前辈告诉我：做人做事视野都应该更广阔长远。”于是，岸田给10年后的自己留下了一句话：“加油活下去，生命中发生的一切都有意义。”

“幸运的是，我活了下来，做着自己想做的事，珍惜着每一天。我认为，人如果不能活在当下，总被过去纠缠、为未来担忧，就不能真真切切地感受生活和作为一个生命的自己的存在。知道自己患上癌症后，我越来越能体会，能够正常地活着便是最大的幸福。”

并非人人都有岸田这样跌宕起伏的经历，但我们有必要提醒自己珍惜来之不易的肉身和健康。如果是怀着珍惜当下的心情生活，那么即便一年后躺在重症室的病床上，回顾此时此刻，也会坦坦荡荡，毫无后悔和遗憾吧。

人生路越往后走，越会发现，拥有平凡的一天，是万分难得可贵的。

后记

意识到死亡会降临，才能更敏锐地感受生命的光华

非常感谢大家读到了最后。

生者谈论死亡，总会被认为是不太好的事，但早早地意识到死亡会到来，对我们来说也有积极的一面。我们会因为知道一切终将消失，而更敏锐地感受生命本身的存在和光华。了解到生命有限，给了我们活着的动力。

因此，我将本书命名为“如果一年后，我不在这世上”。仅仅意识到死亡，远远不够，我们还需要找到适合自己的活法，知道这一生中什么最重要。如果对自己想要的生活没有想法，只是按部就班地活着，人会变得越来越焦虑，严重的时候甚至会被焦虑吞噬。好在我们有办法抵抗焦虑，预防最坏的情况发生。如果你没有生活的实感，如果你总是被心中那个“必须的自己”控制，仿佛沉在水底，感到窒息，那么请一定要好好调整状态，听听自己内心“想要”的声音。

对于向来照着别人和社会的期待而活、从来没有倾听自己的人来说，听见内心微弱的“想要”是有难度的，独自去找寻“想要的自己”更是不可能完成的任务。但其实每个人的“想要”都有踪迹可寻，书中那些癌症患者的感受和经历就给了我们许多提示。如果这本书能带给你启发和提醒就太好了。

关于这本书的出版，还有一个小故事。

一位名叫千贺泰幸的肺癌患者，在2015年来到我的门诊接受心理咨询。那时候，他便建议，如果能把自己的患病经历写成一本书，应该可以帮助到许多有类似困扰的人。很快，我就将写书分享的想法提上了日程。经过一番计划和努力，千贺的作家朋友稻垣麻由美记录了我和7位患者之间的对话，并整理成书，即《人生中真正重要的事——清水研和患者们的对话》。通过文字去回顾我和患者们的交谈，那些故事再一次打动了我。我想起了自己在癌症中心工作以来的见闻和感受，直觉告诉我，如果能将它们分享出来，会帮助到更多的人。于是我做了更多的功课，回顾学习了一些心理学概念。也恰好就在此时，编辑野本有莉给我写了一封信，希望我能写一本思考人生意义的作品。

《人生中真正重要的事》就像是这本书的母亲一样，我想借此机会向千贺老师、稻垣老师、野本老师，还有很多参与其中的人表示由衷的感谢。另外，泉谷闲示老师教会了我很多将自己从“必须”中解放出来的方法，白波濑丈一郎老师则在如何面对“失去”这件事上给了我很多指导。我在两位老师的帮助下完成了这本书最困难的部分。

最后，我要感谢我的患者们，没有他们就不会有这本书，他们每个人都是我的财富。

2019 年 8 月

清水研